シニア世代のための万葉集百人一首

松原龍一郎
MATSUBARA RYUICHIRO

幻冬舎 MC

シニア世代のための
「万葉集百人一首」

ある人から贈られた万葉歌

4448

あぢさゐの　八重《やへ》咲《さ》くごとく
八代《やつよ》にを　いませ我《わ》が背子《せこ》
見つつ偲《しの》はむ

左大臣兵部卿《ひやうぶのきやう》橘《たちばなの》奈良《なら》麻呂《まろ》朝臣《あそみ》

はしがき

日本最古の歌集。日本の宝、最高の文化遺産である民族の歌謡「万葉集」は、全20巻・漢文1、漢詩4、重出歌12、４５４１首（数え方は諸説有り・国歌大観は４５１６首としている）。

５世紀初頭の仁徳朝から奈良淳仁朝まで約３５０年にわたる天皇から名も無き男女までの壮大な歌集をせめて１００首覚えたくて、中西進編「万葉集事典」（講談社文庫）、金子武雄著「万葉防人の歌」（公論社）、林田正男編「校注　万葉集筑紫篇」（新典社）、犬養孝著「万葉の人びと」（新潮文庫）を手がかりに、有名な歌、覚えやすそうな歌を１００首選び、角川ソフィア文庫の伊藤博訳注「万葉集」、三省堂・新明解古典シリーズ「万葉集」、清川妙著「万葉集の恋うた」（中経の文庫）、上野誠著「筑紫万葉恋ひごころ」（西日本新聞社）、山折哲雄著「わたしが死について語るなら」（ポプラ社）を参照して編集したものである。今後とも更に精査して、美しく覚えやすい和歌集にしていきたいので大方のご協力をお願いしたい。

それにしても１０００年も昔の人がその又昔を懐かしむところがなんとも面白く、人間が連綿と命を繋いできたことが解り感慨深い。
万葉集訳文は佐竹昭広・木下正俊・小島憲之共著「萬葉集　訳文篇」（塙書房）を参考にした。
追伸　年を取りMRIやCTの世話になるとき、あの五月蝿い音や15分もじっとしている苦痛をこの百人一首を称えてやり過ごすのは快感である。
追伸　万葉集の主役、桓武天皇の実の弟、皇太子早良親王と春宮（皇太子）大夫大伴家持が藤原種継暗殺の罪で、罪人となり万葉集が「罪人の書」であったとは驚き。似たような話が古代天皇家の歴史には多い。桓武天皇の弟が殺され天皇の子が平城天皇になった。

２０２１、12、15

編者　年金生活者。万葉集研究家。令和の家持もどき　松原龍一郎

シニア世代のための「万葉集百人一首」もくじ

●＝男性
○＝女性

四十八　関なくは　帰りにだにも　うち行きて　妹が手枕　まきて寝ましを　●大伴宿禰家持　71

四十九　背の山に　直に向かへる　妹の山　事許せやも　打橋渡す　●藤原卿　72

五十　袖振らば　見つべき限り　我はあれど　その松が枝に　隠らひにけり　●柿本朝臣人麻呂歌集　73

五十一　底清み　沈ける玉を　見まく欲り　千度そ告りし　潜きする海人は　作者未詳　74

五十二　たまきはる　宇智の大野に　馬並めて　朝踏ますらむ　その草深野　●間人連老　75

五十三　絶えず行く　飛鳥の川の　淀めらば　故しもあるごと　人の見まくに　作者未詳　76

五十四　近くあれば　見ねどもあるを　いや遠く　君がいまさば　有りかつましじ　○笠女郎　77

五十五　千鳥鳴く　佐保の川門の　瀬を広み　打橋渡す　汝が来と思へば　○大伴坂上郎女　78

五十六　月草の　うつろひやすく　思へかも　我が思ふ人の　言も告げ来ぬ　○大伴坂上家の大嬢　79

五十七　月草に　衣色どり　摺らめども　うつろふ色と　言ふが苦しさ　作者未詳　80

五十八　筑紫なる　にほふ児故に　陸奥の　香取娘子の　結ひし紐解く　作者未詳　81

五十九　手に取れば　袖さへにほふ　をみなへし　この白露に　散らまく惜しも　作者未詳　82

六十　解き衣の　思ひ乱れて　恋ふれども　なぞ汝が故と　問ふ人もなき　作者未詳　83

六十一　時ならぬ　斑の衣　着欲しきか　島の榛原　時にあらねども　作者未詳　84

六十二　な思ひと　君は言へども　逢はむ時　何時と知りてか　我が恋ひざらむ　○柿本朝臣人麻呂の妻依羅娘子　85

六十三　汝が恋ふる　妹の命は　飽き足りに　袖振る見えつ　雲隠るまで　作者未詳　86

六十四　熟田津に　船乗りせむと　月待てば　潮もかなひぬ　今は漕ぎ出でな　○額田王　87

六十五　西の市に　ただ一人出でて　目並べず　買ひてし絹の　商じこりかも　作者未詳　89

六十六　庭清み　沖辺漕ぎ出づる　海人舟の　梶取る間なき　恋もするかも　作者未詳　90

六十七　ぬばたまの　夢にはもとな　相見れど　直にあらねば　恋止まずけり　●大伴宿禰家持　91

六十八　ぬばたまの　黒髪山を　朝越えて　山下露に　濡れにけるかも　作者未詳　92

六十九　ねもころに　思ふ我妹を　人言の　繁きによりて　淀むころかも　作者未詳　93

七十　ねもころに　片思すれか　このころの　我が心どの　生けるともなき　作者未詳　94

七十一　残りたる　雪に交じれる　梅の花　早くな散りそ　雪は消ぬとも　●大伴旅人　95

七十二　後瀬山　後も逢はむと　思へこそ　死ぬべきものを　今日までも生けれ　●大伴宿禰家持　96

七十三　萩の花　咲きたる野辺に　ひぐらしの　鳴くなるなへに　秋の風吹く　作者未詳　97

七十四　春の野の　下草なびき　我も寄り　にほひ寄りなむ　友のまにまに　娘子等　98

七十五　東の　野にかぎろひの　立つ見えて　かへり見すれば　月傾きぬ　●柿本朝臣人麻呂　99

七十六　人言を　繁み言痛み　己が世に　いまだ渡らぬ　朝川渡る　○但馬皇女　100

七十七　降る雪は　あはにな降りそ　吉隠の　猪養の岡の　寒からまくに　●穂積皇子　101

七十八　伏越ゆ　行かましものを　まもらふに　うち濡らさえぬ　波数まずして　作者未詳　102

七十九　綜麻かたの　林の前の　さ野榛の　衣に付くなす　目に付く我が背　作者未詳　103

八十　ほととぎす　間しまし置け　汝が鳴けば　我が思ふ心　いたもすべなし　●中臣朝臣宅守　104

八十一　ほととぎす　なかる国にも　行きてしか　その鳴く声を　聞けば苦しも　●弓削皇子　105

八十二　ますらをの　さつ矢たばさみ　立ち向かひ　射る的方は　見るにさやけし　○舎人娘子　106

八十三　ますらをや　片恋せむと　嘆けども　醜のますらを　なほ恋ひにけり　●舎人皇子　107

八十四　枕大刀　腰に取り佩き　まかなしき　背ろがまき来む　月の知らなく　○大伴部真足女　108

八十五　みこも刈る　信濃の真弓　我が引かば　うま人さびて　否と言はむかも　●久米禅師　109

八十六　見えずとも　誰れ恋ひざらめ　山のはに　いさよふ月を　外に見てしか　●満誓沙弥　110

八十七　昔こそ　難波ゐなかと　言はれけめ　今都引き　都びにけり　●式部卿藤原宇合　111

八十八　めづらしき　君が家なる　花すすき　穂に出づる秋の　過ぐらく惜しも　●内舎人石川朝臣広成　112

八十九　黙あらじと　言のなぐさに　言ふことを　聞き知れらくは　悪しくはありけり　作者未詳　113

九十　ももづたふ　磐余の池に　鳴く鴨を　今日のみ見てや　雲隠りなむ　●大津皇子　114

九十一　もみち葉の　散らふ山辺ゆ　漕ぐ舟の　にほひにめでて　出でて来にけり　○対馬娘子玉槻　115

九十二　山越しの　風を時じみ　寝る夜おちず　家なる妹を　かけて偲ひつ　●軍王　116

九十三　山川も　依りて仕ふる　神ながら　激つ河内に　船出せすかも　●柿本朝臣人麻呂　117

九十四　夕されば　小倉の山に　鳴く鹿は　今夜は鳴かず　寝ねにけらしも　●岡本天皇　118

九十五　夜を寒み　朝戸を開き　出で見れば　庭もはだらに　み雪降りたり　作者未詳　119

九十六　海の底　沖つ白波　龍田山　いつか越えなむ　妹があたり見む　作者未詳　120

九十七　我が里に　大雪降れり　大原の　古りにし里に　降らまくは後　●天武天皇　121

九十八　我がやどの　夕蔭草の　白露の　消ぬがにもとな　思ほゆるかも　○笠女郎　122

九十九　居明かして　君をば待たむ　ぬばたまの　我が黒髪に　霜は降るとも　○磐姫皇后　123

百　士やも　空しくあるべき　万代に　語り継ぐべき　名は立てずして　●山上臣憶良　124

一 あ

4516

新しき　年の初めの　初春の
今日《けふ》降る雪の　いや頻《し》け吉事《よごと》

大伴宿禰家持《おほとものすくねやかもち》

訳 新年の初春の今日降る雪の如ますますつもれ豊作になれ良いことが沢山起これ

【注】
1 正月の大雪は豊作の瑞兆とされた。上4句はそのことに基づく表現
2 新しき＝形容詞「新し」は新しいの意。平安時代から音律が変化し、現代語の「あたらしい」となる。なお、古語の「あたらし」は「惜し」で、もったいない、残念だの意
3 いや頻け＝「いや」は動詞「しく」を修飾する程度副詞。ますます、いよいよの意。「頻け」は4段活用の動詞「頻く」。度重なる、絶えず続くの意
4 吉事＝めでたい事柄、「凶事」の対

二

あ

人の好い志賀の漁師の歌

3861

荒雄《あらを》らを　来《こ》むか来《こ》じかと　飯《いひ》盛りて
門《かど》に出で立ち　待てど来《き》まさず

筑前《つくしのみちのくち》の国《くに》の志賀《しか》の白水郎《あま》の妻子《さいし》

訳　愛しい貴方荒雄のお帰りはまだかまだかとご飯を用意して待っていますがいっこうに帰っては来られない

【注】
1　大宰府が筑前国宗像郡の人・宗形部津麻呂を指名して、対馬に食料を送る船の船頭役に任じた。その時、彼は「自分は年を取って衰えてきたので航海はとても堪えられそうにない」と言って糟屋郡志賀村の海人荒雄に頼んで任を代わって貰った。しかし、荒雄の船は途中で暴風にあい、船は海中に没した
2　飯盛り＝在宅の時と同じく飯を盛って供えること。旅の安全を祈る呪的行為
3　待てど＝不吉を感じながら帰りを待つ

三

あ

20

あかねさす　紫野行《ゆ》き　標野《しめの》行《ゆ》き
野守《のもり》は見ずや　君が袖振る

額田王

訳　茜色のさす紫草の野は立ち入り禁止でありますのに貴方様は袖を振ったりして番人が見るではありませんか

【注】
1　天智天皇が蒲生野に狩に出かけた時の歌
2　あかねさす＝「紫」「日」の枕詞。茜色を発する意
3　紫野＝紫草の栽培されている野。紫草は染料・薬用に用いた薬草。根が赤い
4　標野＝占有の印（標）をしてある野。立入禁止の野で「紫野」と同所
5　野守＝番人、天智天皇を寓したもの。額田王が天智の妻であることを匂わす
6　袖振る＝袖を振ることは恋情の表現

四

あ

1068

天《あめ》の海に　雲の波立ち　月の舟
星の林に　漕ぎ隠る見ゆ

柿本朝臣人麻呂《かきのもとのあそみひとまろ》歌集

訳 天空の海に白雲の波が立ち月の舟星の林に漕ぎ隠れ行く

【注】月見の宴歌か。天象を海・雲・舟・林等、地上のものに譬えて詠む

あ

4374

天地《あめつち》の　神を祈りて　さつ矢貫《やぬ》き
筑紫《つくし》の島を　指《さ》して行く我は

火長太田部荒耳《くわちやうおほたべのあらみみ》

訳 天地の神に任務を果たし無事に帰れることを祈り矢を靫にさし今から九州島に行くぞ、私は

【注】
1　さつ矢＝ここは戦いに用いる矢を指すが、本来は狩猟用の矢のこと。防人は弓50本を携行する規定になっていた
2　火長＝兵士10人を一火という。その長

女性の歌で、煮え切らない男性に対する誘いかけの歌

六

あ

2477

あしひきの　名に負ふ山菅《やますげ》　押し伏せて
君し結ばば　逢はざらめやも

柿本朝臣人麻呂《かきのもとのあそみひとまろ》歌集

訳 あしひきの山の名を持つ山菅、その山菅を荒々しくなぎ倒すように、私を押し伏せて
あなたが契りを結ばれようとなさるのでしたら、お逢いしないこともありませんよ

【注】1　あしひきの名に負ふ＝「名に負ふ」は名として持つ事をいう。「あしひきの」は本来「山」に係る枕詞であるが、「山菅」はその「山」の語を含むので言った表現。上二句は、山菅を踏み倒すように、乱暴に相手の身体を押し倒して、と続けた譬喩の序
2　君し結ばば＝あなたが契りを結ぼうと思いさえすれば、の意

七

い

1418

石走《いはばし》る　垂水《たるみ》の上の　さわらびの
萌《も》え出《い》づる春に　なりにけるかも

志貴皇子《しきのみこ》

訳　岩の上をほとばしり流れる滝のほとりのわらびが新芽を萌え出す春になったのだな

【注】
1　志貴皇子＝716年没。天智天皇の皇子。光仁天皇、湯原王らの父。万葉集に6首の歌を残す。哀感漂う歌が多く、優れた歌人であるとの評価が高い
2　石走る＝「垂水」の枕詞。岩の上をほとばしり流れるの意。賀茂真淵の発案
3　垂水＝滝
4　さわらび＝「さ」は接頭語。「わらび」は晩春、拳状に巻いた新芽を出し、これを食料とする山草。平安時代の勅撰集の春の巻を誤認したもの

い

142

家にあれば　笥《け》に盛る飯《いひ》を　草枕　旅にしあれば　椎の葉に盛る

有間皇子《ありまのみこ》

訳 家に居るときはいつも器に盛って神に差し上げる飯を旅の途中にいるので椎の葉に盛ってお供えする

【注】1　有間皇子＝658年没。大化の改新後、皇位についた第36代孝徳天皇の皇子。孝徳天皇は斉明女帝の弟。皇位継承権を持つ皇子と目されていたが、斉明女帝、中大兄皇太子の留守に、蘇我赤兄《そがのあかえ》にそそのかされて謀反を謀る。しかし、その赤兄に捕らえられ、行幸先の紀州牟婁《むろ》の湯に連行されて尋問の上、絞殺された。赤兄と語らってからわずか9日目であった。享年19。皇太子の尋問に対し、有間皇子は「天と赤兄と知らむ。吾《おのれ》全《もは》ら解《し》らず」(天と赤兄は知っているだろう。私は全く知らない）とだけ答えたという

2　家にあれば＝「あれば」は、ラ変動詞「あり」の已然形に接続助詞「ば」の付いた形。ここでは恒常的条件を示す。……はいつも

3　笥に盛る飯＝「笥」は食物を盛る器。「盛る」は他者に飲食物を提供する時の表現。従ってここの「飯」とは米などの穀物を蒸したもの。神への捧げ物であり、皇子の魂の宿ったものと解される。それを献上することが神への恭順を意味し、同時に身の安全を願う行為だったのである

4　草枕＝「旅」の枕詞。草を結んで枕にする旅寝の意で旅にかかる

5　旅にしあれば＝「し」は強調の意を表す副助詞。この「あれば」は文法的には注2と同じ。意味は順接の確定条件。原因・理由を表す。……ので

九

い

349

生ける者《ひと》　遂《つひ》にも死ぬる　ものにあれば
この世なる間《ま》は　楽しくをあらな

大伴旅人

訳 人はいずれ死ぬものであるからせめてこの世にいる間は酒を飲んで楽しくありたいものだ

【注】
1　大伴旅人＝大宰師大伴卿《だざいのそちおおとものまえつきみ》
2　博学旅人が『無常経』『漢の広陵王「歌」』『魏・武帝「短歌行」・文選二十七』を参照したのではないか

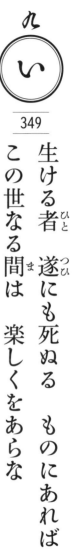

十

う

165

うつそみの　人にある我や　明日よりは
二上山を弟《いろせ》と我《あ》が見む

大伯皇女《おほくのひめみこ》

訳　現世の人である私は明日からは二上山を私の弟として見続けよう

【注】
1　二上山＝葛城山系の発端、河内国と大和国の国境にあり
2　3人称的発想でとらえて「我」を深く認識した表現。「うつそみ」は現世「うつせみ」の古形。ここでは人にかかる枕詞
3　「いろ」は同母の兄弟を示す語
4　大伯皇女＝天武天皇の娘。大津皇子の同母姉

十一

う

802

瓜食《は》めば　子ども思ほゆ　栗食《は》めば
まして偲《しぬ》はゆ　いづくより　来《きた》りしものそ
まなかひに　もとなかかりて　安眠《やすい》しなさぬ

筑前国守《つくしのみちのくちのかみ》山上憶良

訳　瓜を食べると子どもが思われる。栗を食べるといっそう偲ばれる。一体どこから我が子として生まれてきたのか。眼前にむやみに面影がちらついて、熟睡させてくれぬとは

【注】1　瓜＝まくわうり。当時1個が約3文（米が1升で5文）。塩をなどつけてたべたのであろう。下の「栗」と共に子どもの好物
2　子ども＝「ども」は複数を表す接尾語
3　栗＝果物として高価な物の1つ

4　まして偲はゆ＝それにもまして偲ばれる。「偲ふ」は「しのふ」と同じ。「ゆ」は上代の自発の助動詞

5　何処《いづく》より＝いかなる宿縁で、どこから我が子として生まれて来たのか

6　眼交《まなかひ》＝「眼《め》の交《かひ》」。「交《かひ》」は交叉する事。眼前

7　もとな＝副詞。「本無」の意か。何にもならないのにやたらに

8　安眠し寝《な》さぬ＝「安眠」は1人寝の安眠。「し」は強調の副助詞。「寝《な》さ」は「寝《ぬ》」の使役動詞「寝す」の未然形。眠らせる。「ぬ」は打ち消しの助動詞「ず」の連体形。安眠をさせてくれない

歌垣などで、あぶれた男が、自分は稗にも劣るとひがんで詠んだ歌。労働生活の体験に即して詠む

十二

う

2476

打つ田には　稗《ひえ》はしあまた　ありと言えど
選《え》らえし我《あれ》そ　夜を一人寝《ぬ》る

柿本朝臣人麻呂歌集

訳 田んぼに、稗は沢山残っているのに、よりによって選び捨てられた私は、夜な夜なただ一人寝ている

【注】1　打つ田＝この「打つ」は鍬で耕す意
2　稗＝イネ科の一年草。畑に生える畑稗と水田に栽培する田稗とがある。共に食糧となるが、田稗は、稲に混じると害を及ぼし、実が入り交じると後の処理が困難であるばかりでなく、味が落ちるので、見つけ次第抜き取られる
3　選らえし＝エルは選ぶ意。ここは選り除くことを言う

十三

え

1292

江林《えばやし》に　伏《ふ》せる猪《しし》やも　求むるに良き
白たへの　袖巻き上げて　猪待つ我が背

作者未詳

訳　入江の林に伏している猪は捕えやすいのであろうか。そんなはずはないのに、袖をたくし上げて猪を待ち構えているよ、このお人は

【注】1　この歌は施頭歌（五七七五七七）。（下三句が頭三句と同形式を反復するからいう）和歌の一体
2　江林＝入り江に臨んだ林。入江の林。逢い引きの場所を匂わす
3　伏せる鹿＝女の譬え
4　白栲の＝「袖」の枕詞。以下、気負い込んで女を漁《あさ》ろうとしている男へのからかい

十四

お

4260

大君は 神にしませば 赤駒の 腹這《はらば》ふ田居《たゐ》を 都と成《な》しつ

大将軍贈右大臣大伴卿《おほとものまえつきみ》

訳 大君は神でいらっしゃるので、赤駒でさえも腹まで漬かる泥深い田んぼすらも、立派な都とされた

【注】1 壬申の乱の平定《しず》まりし以後《のち》の歌

2 壬申の乱＝672年、天智天皇の子である大友皇子（近江朝廷）に対し、大海人皇子（天智天皇の弟・大友皇子の叔父）が起こした内乱。勝利した大海人皇子は明日香浄御原《あすかきよみはら》で即位。天武天皇となる

3 大君は…都と成しつ＝偉大な帝業への讃歌。「都と成しつ」は明日香浄御原宮の造営をいう

4 腹這ふ＝馬がはまって耕作に難渋する沼田の続く一帯であることを示す表現

5 大将軍＝大伴御行。長徳の子。天武方の将軍として壬申の乱に功績有り。家持の祖父安麻呂の兄

五十 お

235

大君は　神にしませば　天雲《あまくも》の
雷《いかづち》の上に　廬《いほ》りせるかも

柿本朝臣人麻呂

訳 大君は神でいらっしゃるので、雨雲の中の雷の上に仮宮を立てて籠もり精進されている

【注】
1 大君は天武か持統か文武か不確定。ここでは持統説に従う
2 柿本朝臣人麻呂＝生没年未詳。持統～文武朝にかけて、宮廷歌人の第一人者と認められていたらしい。公的な儀礼の場においても、又、第二義的な宴の場でも数々の力作を残し、和歌史上の巨人として名を留める。官人としては下級で万葉集以外に所伝はない
3 神にしませば＝「し」は強調の意を表す副助詞。「座《ま》せば」は「あり・居り」の尊敬語「座《ま》す」の已然形に、接続助詞「ば」の付いた形。順接の確定条件を表す。いらっしゃるので。「大君は神にし座せば」は天皇を現人神《あらひとがみ》と見て賛美した表現。以下に人間としては不可解な行動が示される

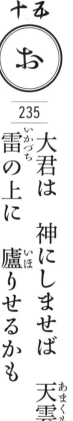

4　天雲の＝「雷」の枕詞。天雲の中にいる、の意

5　雷の上に＝雷岳を雷そのものに見立てた表現。明日香村北西部の小丘。雷岳は奈良県高市郡

6　廬りせるかも＝「廬る」は仮宮を建てて籠もり精進する事。ここでは国見の為の準備と思われる。「せ」は使役の助動詞「す」の已然形で、尊敬の意。「る」は完了の助動詞「り」の連体形で、存続の意。「かも」は感動を表す終助詞

十六

お

794

大君の　遠《とほ》の朝廷《みかど》と　しらぬひ　筑紫《つくし》の国に
泣く子なす　慕ひ来まして　息だにも
いまだ休めず　年月《としつき》も　いまだあらねば　心ゆも
思はぬ間《あひだ》に　うちなびき　臥《こ》やしぬれ　言はむすべ
せむすべ知らに　石木《いはき》をも　問ひ放《さ》け知らず
家ならば　かたちはあらむを　恨めしき　妹《いも》の命《みこと》の
我《あれ》をばも　いかにせよとか　にほ鳥《どり》の
二人並び居《ゐ》　語らひし　心背《そむ》きて　家離《いへざか》りいます

筑前国守山上憶良《つくしのみちのくちのかみやまのうへのおくら》

訳

大君の遠く離れた政庁だからと、筑紫の国に泣く子のように無理矢理付いてきて、息すら休める間もなく年月もいくらも経たないのに、思いもかけぬ間に亡くなられてしまわれたのでどう言って良いかどうしてよいか手立ても解らず、せめて庭の岩や木に問いかけて慰めようとするが、それもできず、途方に暮れるばかりだ。あのまま奈良の家に居たならば無事でいられたろうに、恨めしい妻は、私にどうせよというのか、かいつぶりのように二人並んで夫婦の語らいを交わしたその心に背いて、私を置いて行ってしまった

【注】

1 山上憶良が大伴旅人に奉った歌
2 しらぬひ＝「筑紫」の枕詞
3 慕ひ来まして＝妻が私を慕ってついて来て
4 いまだあらねば＝いくらも経っていないのに
5 臥やしぬれ＝死んだことを婉曲にいう。ヌレはヌレバの意味
6 家ならば＝奈良の家にいたなら
7 にほ鳥＝「ふたり並び居」の譬え
8 家離りいます＝死んでしまったことをいう

十七

お

965

おほならば　かもかもせむを　畏《かしこ》みと
振りたき袖を　忍びてあるかも

遊行女婦《うかれめ》・児島《こしま》

訳 あなた様が普通の方だったら、どうとでもいたしましょうが、恐れ多くて、袖を振りたいがこらえています

【注】
1 遊行女婦・児島が帰京する大伴旅人を送る宴席で作った歌。遊行女婦は貴人に侍した教養のある遊女のこと
2 おほならば＝平凡な人だったら
3 かもかもせむを＝あれこれ思いのままにしようが。かもかも＝かもかくも＝どのようにも、とにもかくにも
4 畏み＝旅人卿が高貴なお方なので慎しく遠慮する気持ちを表す
5 振りたき＝振りたい袖なのにこらえている

十八

か

3415

上野《かみつけの》　伊香保《いかほ》の沼に　植ゑ《う》小水葱《こなぎ》
かく恋ひむとや　種求めけむ

作者未詳

訳　上野の伊香保の沼に植えられたかわいい小水葱、そんな子にこんなにも恋焦がれようと種を求めたのかな

【注】
1　上野《かみつけ》＝群馬県
2　伊香保の沼＝榛名山麓地帯の湿地
3　植ゑ子水葱＝栽培された水あおい。女の譬え
4　種求む＝言い寄ったことを譬えるか

十九

か

3654

可之布江《かしふえ》に　鶴《たづ》鳴き渡る　志賀の浦に
沖つ白波　立ち来《く》らしも

遣新羅使の大和の官人等

訳 河之布江に向かって鶴が鳴きながら飛び渡っていく。志賀の浦に、沖の白波が立ち寄せてくるのであるらしい

【注】 1 筑紫《つくし》の館《むろつみ》（博多湾沿岸にあった館。外国使節・官人の接待や宿屋に用いた。後の鴻臚館。福岡城二の丸跡の東隣りがその旧跡地と推定される）に着いて遠く故郷を望んで恋しがって作った歌
2 可之布江＝福岡県東区香椎の入江か
3 立ちし＝「し」は強意の助詞

二十

か

3660

神《かむ》さぶる　荒津の崎に　寄せる波
間《ま》なくや妹《いも》に　恋ひわたりなむ

遣新羅使の大和の土師稲足《はじのいなたり》

訳 荒津の先にひたひたと押し寄せる波のように絶え間なく愛しい妻に恋い続けなければならないのか

【注】
1 上3句は序。「間なく」を起こす
2 神さぶる＝神代からの「遠《とほ》の朝廷《みかど》」とされた大宰府に至る港だったので「神さぶる」と形容された
3 荒津＝福岡市中央区西公園付近にあった港。大宰府の外港で官船が発着した
4 間無く＝絶え間がなく

二十一

か

4401

韓衣《からころむ》　裾に取り付き　泣く子らを
置きてそ来ぬや　母《おも》なしにして

国　造《くにのみやつこ》小県郡《ちひさかたのこほり》の他田舎人大島《おさたのとねりおほしま》

訳　私の着物の裾に取り付いて泣く子等を置き去りにしてきてしまったよ、母親のいないままで

【注】1　韓衣＝「裾」の枕詞「からころむ」は「からころも」の転。大陸風の衣。よそ行きの衣服をこう言ったものか。防人としての官給の服
2　来ぬや＝来ぬるや
3　母なしにして＝男やもめで故郷に置いていった子を思う表現

二十二

き

85

君が行き　日《け》長くなりぬ　山尋ね
迎へか行かむ　待ちにか待たむ

磐姫皇后《いはのひめのおおきさき》

訳

あの方のお出ましは随分日数が経ったのにまだお帰りにならない。お迎えに行こうか、このまま待ち続けようか

【注】

1　磐姫皇后＝仁徳天皇の皇后。激しい嫉妬心の持ち主として名高い
2　君が行き＝ガは連体の関係を示す助詞。「行き」は名詞
3　山尋ね＝迎えの枕詞。山たづ＝にわとこ、神迎えの霊木
4　尋ね＝原則として男の行為
5　待つ＝普通、女の行為

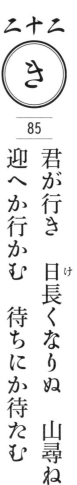

二十三

き

10

君が代も　我が代も知るや
磐代《いはしろ》の　岡の草根を　いざ結びてな

中皇命《なかつすめらみこと》

訳　皇子の命も私の命も支配している、岩代の岡の草根をさあ結びましょう、結んで互いの命の幸を祈りましょう

【注】
1　中皇命＝間人皇女か
2　君が代＝男性への尊称。ここは中大兄皇子を指す。「代」は齢の意
3　知る＝支配している。やは間投助詞
4　岩代＝和歌山県日高郡みなべ町岩代。古代、草や松の枝を結んで旅の平安を祈ることがあった
5　いざ＝人を誘う俗語

二十四

き

488

君待つと　我《あ》が恋ひ居《を》れば
我がやどの　簾《すだれ》動かし　秋の風吹く

額田王《ぬかたのおほきみ》

訳
あの方のおいでを待って私が恋い慕っていると、我が家の戸口の簾を動かして、ただ秋の風が吹いています

【注】
1　額田王が近江天皇を思って作った歌
2　額田王＝万葉初期の代表歌人。天武天皇に召されて十市皇女《とをちのひめみこ》を生む
3　近江天皇＝第38代天智天皇
4　簾＝中国の「珠簾」を模して小玉を貫いた簾か

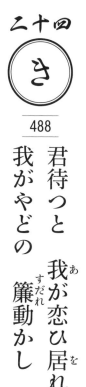

二十五

く

575

草香江《くさかえ》の　入江にあさる　葦鶴《あしたづ》の　あなたづたづし　友なしにして

大伴旅人

訳 草香の入江には餌を漁る葦鶴の姿が見えるが、ああ、心許ないことだ。共に語り合える友もいなくて

【注】1　草香江＝難波江の東端生駒山の西麓。同じ地名が博多湾西部にもある
2　上3句は序。同音で「たづたづし」を起こす。「たどたどし」の古形。心もとなく不確かで不安定な心を表す語

二十六

く

3447

草陰の　安努《あの》な行《ゆ》かむと　墾《は》りし道
安努は行《ゆ》かずて　荒草立《あらくさだ》ちぬ

作者未詳

訳　草深い安努に通じようと開いた道なのに、安努には行かずにいて荒草が茂ってしまった

【注】
1　草陰＝「安努」の枕詞。安努は地名。駿河国か
2　「安努な」のナ＝格助詞ニの転か
3　墾りし道＝新たに開いた道
4　安努は行かずて荒草立ちぬ＝作者が安努へは行けなくなったので道が荒れたことをいうか

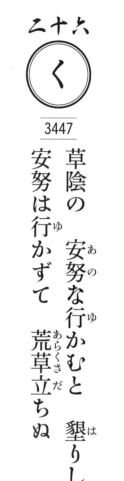

二十七

く

4381

国々の　防人集い　船乗りて
別るを見れば　いともすべなし

河内郡の上丁神麻続部島麻呂《かふちのこほりかみつよほろかむをみべのしままろ》

訳 国々の防人がここ難波津に集まり、船に乗って別れるのを見ると、大変やるせない

【注】1　船乗り＝動詞「船乗る」の連用形。「船に乗る」が複合する際フネがフナに転じて助詞ニが省略された
2　いともすべなし＝明日は我が身というどうしようもないやるせなさを表す
3　上丁＝一般の兵士をいう

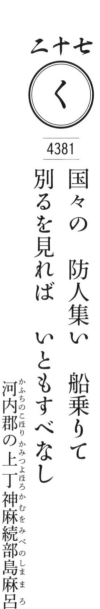

二十八

け

191

けころもを　時かたまけて　出でまし

宇陀の大野は　思ほえむかも

皇子尊《みこのみこと》の宮の舎人

訳 春冬の狩の時節を待ち受けてお出ましになった宇陀の大野は、これからも思い出されることだろう

【注】

1 皇子尊＝日並皇子尊＝日に並ぶ皇子の意。草壁皇子に限って言う

2 けころもを＝「時」の枕詞

3 かたまく＝片設く＝（その時節を）待ち受ける

4 宇陀の大野＝現、奈良県宇陀市の山野一帯のこと

5 思ほえむかも＝想い出の悲しみのみに生きねばならぬであろうことへの嘆き

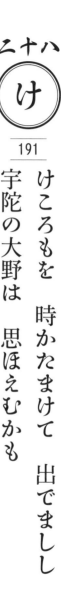

二十九

け

1578

今朝鳴きて　行《ゆ》きし雁《かり》が音《ね》　寒《さむ》みかも
この野の浅茅《あさぢ》　色付きにける

阿倍朝臣虫麻呂《あべのあそみむしまろ》

訳 今朝鳴いて行った雁の声が寒々していたからか、この野の浅茅が色づいた

【注】阿倍朝臣虫麻呂＝大伴坂上郎女《おほとものさかのうえのいらつめ》のいとこ

三十

け

4373

今日《けふ》よりは　かへり見なくて　大君の
醜《しこ》の御楯《みたて》と　出で立つ我は

火長今奉部与曾布《くわちょういままつりべのよそふ》

訳　今日からは、後のことを気にせずに、天皇のために守備兵となって出立していくのだ、おれは

【注】1　今日よりはかへり見なくて＝今日までの望郷の想い等を振り切って門出しようとする表現

2　醜の御楯＝つたない御楯。「醜」は本来すさまじいこと、頑強の意らしいが、集中では自分をへりくだって言う事が多い。ここでは卑下の気持を表す

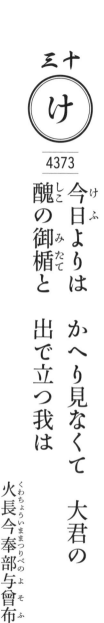

三十一

こ

1

籠もよ　み籠持ち　ふくしもよ　みぶくし持ち
この岡に　菜摘ます児《こ》　家聞かな　名告らさね
そらみつ　大和の国は　おしなべて
われこそ居《を》れ　しきなべて　われこそいませ
われこそば　告《の》らめ　家をも名をも

雄略天皇

訳 おお、籠も良い籠を持ち、おお、へらもよいへらを持ち、この岡で野草を摘んでおられるおとめよ、家はどこかおっしゃいな、名前をおっしゃいな。大和国は、すべて私が治め支配しているのだ。私の方から言おうか、家も名も

【注】1　籠もよ＝籠はかご。抱えたり、腰に付けたりする。「もよ」＝詠嘆を表す間投詞
2　み籠＝「み」＝立派だ、美しいの意を表す接頭語。ここでは、神的な霊力を付着してい

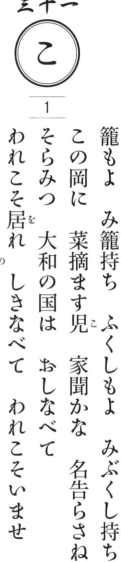

るという意味を含む、持ち物を通して娘子をほめている

3 ふくし＝掘串＝竹や木で造ったへら。根菜掘りの道具

4 菜摘ます児＝「菜摘ます」＝「菜摘む」の尊敬語。「菜」は野草。春新たに芽吹く野草を摘み、それを食することは、植物の持つ生命力を身に取り込もうとする意味を持つ。古代の野遊びの一つ。「児」は女性を親しんで呼ぶ語

5 告らせ＝「告る」の尊敬語。「告る」は発言の中で最も重要なものを行う場合にのみ使われる語。「祝詞」に通ずる。「せ」は尊敬を表す上代の助動詞「す」の命令形。家や名を告げるのは結婚の承諾を意味する

6 名告らさね＝古代人は、名が即ち実体そのものであると意識しており本名は身内などの限られた人間が知るものであった。名を知らせることはそのまま自分の全てを相手に曝《さら》け出し、相手の意のままになる事を意味した。「さ」は尊敬を表す上代の助動詞「す」の未然形。「ね」は相手に対する願望を表す上代の終助詞

7 そらみつ＝「大和」の枕詞。神の霊力の行き渡った地の意か

8 おしなべて＝押しなびかせて、の意。私がすっかり平らげているのだが

9 「こそ」＝強意の係助詞「こそ」が未然形で結ばれ下に続く場合、逆説的に接続するのが原則

10 「しき」＝「しく」は領有するの意。「治《し》る」「占《し》む」と同根の語

11 しきなべて＝私が隅々まで治めているのだが。「コソ……未然形」は逆接条件法

12 座せ＝尊敬語「座す」の已然形。天皇が自身の行動について敬語を用いる、いわゆる自

13

称敬語

我《われ》こそば告らめ＝この私が先に告げようと思うが、いかがか

三十二

こ

2274

臥《こ》いまろび　恋《こ》ひは死ぬとも　いちしろく
色には出でじ　朝顔が花

作者未詳

訳 伏し悶えて恋死にする事はあっても、この思いをはっきりわかるように顔には出しますまい。朝顔の花のようには

【注】
1　臥いまろび＝転げ廻って、伏し悶えて。「臥ひ」は「臥ゆ」の連用形
2　「出で」＝他動詞
3　朝顔の花＝朝顔の花のよう。桔梗か

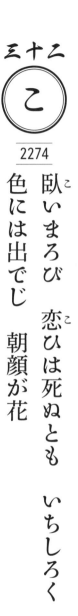

三十三

こ

633

ここだくに　思ひけめかも
しきたへの　枕片去る《まくらかたさる》　夢《いめ》に見え来《こ》し

娘子《をとめ》

訳
それほど強く私を思って下さっていたのでしょうか、貴方の枕を開けて寝た私の夜の夢に現れたのでした

【注】枕片去る＝男が来ない夜、男の枕が床の傍に寄っている様子

三十四

こ

348

この世にし　楽しくあらば　来む世には
虫に鳥にも　我はなりなむ

大伴旅人

訳 この世で楽しく酒を飲んで暮らせるなら、来世には虫にも鳥にも私はなってしまおう

【注】
1　この世＝現世、来世の対
2　古代語の「楽し」は飲酒の場に集中して用いられるという指摘がある
3　仏典には、悪行によって鳥や虫に化する報いを受けることをいう
4　「虫に鳥にも」＝七音句にするため「虫にも」のモを略している

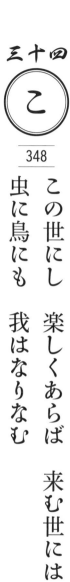

三十五

こ

560

恋ひ死なむ　後《のち》は何せむ　生ける日の
ためこそ妹《いも》を　見まく欲《ほ》りすれ

太宰大監大伴宿禰百代《だざいのだいげんおほとものすくねももよ》

訳　恋い死にしてしまったら何の意味があろうか。生きている今日のためにこそ、あなたを見たいと思うのだ

【注】生ける日＝生きている日々

三十六

さ

30

楽浪《さざなみ》の　志賀の唐崎《からさき》　幸《さき》くあれど
大宮人の　船待ちかねつ

柿本朝臣人麻呂

訳 志賀の唐崎は、今も無事で変わらぬが、昔の大宮人の船をひたすら待ちかねている

【注】
1 楽浪の＝琵琶湖にゆらぐ小さい波という意から湖畔の地名「志賀」「大津」「比良山」等にかけ、波に寄るから「寄る」「夜」にかけ、「大津」には天智天皇が都し給うたので「故き都」にもかけていう。枕詞
2 志賀の唐崎＝大津市下坂本・唐崎の辺り
3 幸くあれど＝「幸く」は副詞。無事に、幸福に変わりなくの意。「ど」は逆説の確定条件「……けれども」を表す接続助詞。「唐崎」の「さき」の同音で「幸く」が導かれる
4 大宮人＝宮廷に仕える人々。ここでは天智天皇の近江大津宮の宮廷人を指す
5 待ちかねつ＝「かね」は下2段活用の接尾語「かぬ」（自分の意に反してできない）の連用形。「つ」は完了の助動詞の終止形。待ちかねるのは人麻呂であると同時に唐崎である

三十七

さ

4364

防人《さきむり》に　立たむ騒きに　家の妹《いむ》が
業《な》るべきことを　言はず来《き》ぬかも

若舎人部広足《わかとねりべのひろたり》

訳　防人に出立するという慌ただしさのために、家の妻の農事の事について言わないで来てしまった

【注】
1　防人《さきむり》＝「さきもり」の訛《なま》り
2　妹《いむ》が業るべきこと＝「いむ」は「いも」の訛り。モがムに転じたもの。「が」は連体修飾語を作る格助詞「の」と同じ。「業るべき事」とは生業、即ち、農事を指す
3　来ぬかも＝中央語では「来ぬるかも」というべきところ、即ち、「ぬ」は完了の助動詞の終止形だが、「かも」は一般に活用語の連体形に接続する。「来ぬるかも」となるべきだが、字余りを避けて破格を選んだか
4　茨城郡＝茨城県新治《にいはり》郡、東茨城郡、西茨城郡の一部

三十八

さ

33

楽浪《ささなみ》の　国つ御神《みかみ》の　うらさびて
荒れたる京《みやこ》　見れば悲しも

高市黒人

訳 近江朝の地を支配し給う国つ神の心がすさんで、荒れた都をみるのは悲しい

【注】
1　高市黒人＝持統・文武朝の歌人
2　国つ御神＝その土地を支配する神
3　うらさびて＝心がすさんで。荒廃の理由を国つ神に求めた

三十九

さ

4425

防人に　行《ゆ》くは誰《た》が背《せ》と　問ふ人を
見るがともしさ　物思ひもせず

昔年《さきつとし》（＝往年）の防人の歌。

訳　防人として行くのは誰の夫なの、と尋ねる人をみると羨ましい。何の物思いもせずに

【注】物思ひもせず＝その人は何の物思いもせんどいて。尋ねる人への批判

四十

し

336

しらぬひ　筑紫《つくし》の綿は　身に付けて
いまだは着ねど　暖けく見ゆ

沙弥満誓《さみまんぜい》

訳
九州の真綿はまだ肌身に付けて着たことはないが、いかにも暖かそうだ

【注】
1　沙弥満誓＝造筑紫観世音寺別当・俗姓は笠朝臣麻呂、旅人の歌友。元明太上天皇《げんめいだいじやう》の病気平癒を願って出家
2　しらぬひ＝「筑紫」の枕詞。ここでは九州の総称
3　筑紫の綿＝筑紫の女性の譬えとも言われる。綿はまゆからとった真綿。防寒のために用いた九州の名産品
4　暖けく見ゆ＝筑紫も捨てたものではないとの寓意がこもる

四十一

し

3170

志賀の海人《あま》の　釣りし燈せる　いざり火の
ほのかに妹を　見むよしもがも

作者未詳

訳　志賀の海人が夜釣りに灯している漁り火のようにちらっとでもあなたをみる手立てがあったらなあ

【注】志賀＝上3句は序。「ほのかに」を起こす

二十四

し

3652

志賀の海人の　一日《ひとひ》もおちず　焼く塩の
辛き恋をも　我《あれ》はするかも

遣新羅使人等

訳 志賀島の海人が一日も欠かさずに焼く塩の辛さのように、辛く苦しい恋を私はしていることか

【注】 1　遣新羅使人が大和を望み悲しんで作った歌
2　志賀＝福岡市の志賀島。上3句は序。「辛き」を起こす

四十三

し

34

白波の　浜松が枝の　手向《たむけ》くさ
幾代《いくよ》までにか　年の経ぬらむ

川島皇子《かはしまのみこ》

訳

白波打ち寄せる浜辺の松の枝に結ばれた、手向けの幣は、もうどのくらいの年月が経ったのだろう

【注】

1　川島皇子＝天智天皇の第2皇子。莫逆《ばくぎゃく》（＝意気投合して極めて親密な間柄）の友・大津皇子の謀反を朝廷に告げた

2　浜松＝有間皇子（孝徳天皇の皇子。斉明天皇に対し反乱計画、失敗して藤白坂で絞殺された）にゆかりの岩代の浜松

3　手向けくさ＝旅の安全を祈って道の神に捧げた幣帛《へいはく》

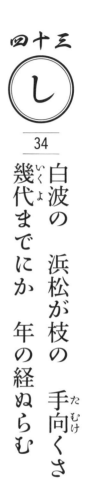

四十四

し

3400

信濃《しなぬ》なる　千曲《ちぐま》の川の　小石《さざれし》も
君し踏みてば　玉と拾はむ

作者未詳

訳 信濃の千曲川の小石もあなたが踏んだのなら、玉と思って拾いましょう

【注】小石＝さざれ石の転

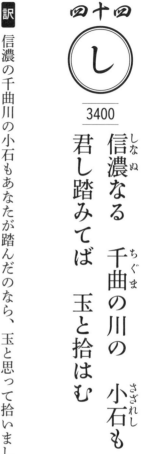

四十五

し

3862

志賀《しか》の山　いたくな伐《き》りそ　荒雄《あらを》らが
よすかの山と　見つつ偲はむ

筑前《つくしのみちのくち》の国の志賀の白水郎《あま》の妻子

訳 志賀島の山の木はひどくは切らないでくれ。荒雄のゆかりの山として見ながら偲んでいきたい

【注】1 よすかの山＝思い出すきっかけとなる山。よすか＝由縁の意。荒雄在りし時のままの山の姿を見続けていたいという心情
2 見つつ偲はむ＝不帰の客となった人への思慕

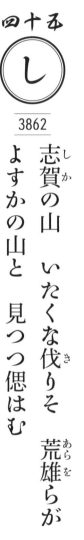

四十六

す

1158

住吉《すみのえ》の　沖つ白波　風吹けば
来寄する浜を　見れば清しも

作者未詳

訳
住吉の沖の白波が、風が吹けば打ち寄せてくる浜をみると清らかだ

【注】第2句「沖つ白波」は第4句の主語

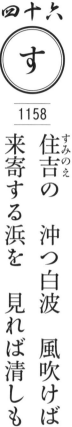

四十七

す

3156

鈴鹿川《すずかがは》　八十瀬《やそせ》渡りて　誰《た》が故《ゆゑ》か
夜越《よご》えに越えむ　妻もあらなくに

作者未詳

訳 鈴鹿川の沢山の瀬を渡って、誰のために夜の山道を越えて行くというのか。その向こうに妻がいるわけでもないのに

【注】鈴鹿川＝鈴鹿山脈に発して伊勢湾に注ぐ川

四十八

せ

1036

関なくは　帰りにだにも　うち行きて
妹が手枕《たまくら》　まきて寝ましを

大伴宿禰家持

訳　関所さえなかったら、とんぼ返りでもいいから帰り、妻の手枕をして寝たいものだのに

【注】
1　関＝不破（岐阜県不破郡垂井町府中付近か）の関
2　帰りにだにもうち行きて＝行ってすぐ帰るだけの形でもよいから家に行って

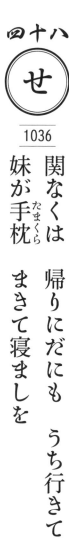

四十九

せ

1193

背の山に　直《ただ》に向かへる　妹《いも》の山
事許《ことゆる》せやも　打橋渡す

藤原卿《ふぢはらのまへつきみ》

訳　背の山にじかに向かい合っている妹の山は、背の山の求婚の申し出を許したのであろうか、間を隔てる川に板橋が掛け渡してある

【注】
1　藤原卿＝不比等か
2　打橋＝臨時に渡す板橋。背の山と妹山の中間にある、紀ノ川の川中島（舟岡山）を打橋に見立てたもの
3　背の山＝和歌山県伊都郡かつらぎ町の山
4　妹の山＝紀ノ川を挟んで背の山の南にある山

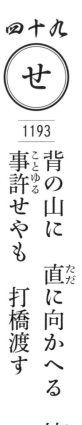

五十

そ

2485

袖振らば　見つべき限り　我はあれど
その松が枝《え》に　隠らひにけり

柿本朝臣人麻呂歌集

訳　あなたが袖を振ったらぎりぎり見える所に私は立っていますが、その松の枝に隠れて見えなくなってしまった

【注】見つべき限り＝君の振る袖が見える限りはと

五十一

そ

1318

底清み　沈ける玉を　見まく欲《ほ》り
千度《ちたび》そ告《の》りし　潜《かづ》きする海人は

作者未詳

訳 海の底が清らかなので沈んでいる真珠を手に採って見たいと思って、何度も呪文を唱えた。水に潜る海人は

【注】千度そ告りし＝何度も重大な言葉を口にした。潜水の前に海神に祈る呪文

五十二

た

4

たまきはる　宇智《うち》の大野に　馬並《な》めて
朝踏ますらむ　その草深野《くさぶかの》

間人連老《はしひとのむらじおゆ》

訳 宇智の荒野で、この朝、大君は馬を勢揃いして、獲物を追い立てておられるのだ。春の草深い荒野で

【注】
1　たまきはる＝「宇智」の枕詞。魂が極限の状態になって漲《みなぎ》る意
2　宇智の大野＝大和国宇智郡（奈良県五条市付近の野）
3　並めて＝並べて

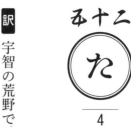

五十三

た

1379

絶えず行《ゆ》く　飛鳥の川の　淀めらば
故《ゆゑ》しもあるごと　人の見まくに

作者未詳

訳 絶えず流れる飛鳥川がもし淀むようなことがあれば、何かわけがあるように人は見るでしょうに

【注】淀めらば＝「淀む」は行き来が途絶えることとか。人待ち顔に佇むという事の譬えとも見られる

五十四

ち

610

近くあれば　見ねどもあるを　いや遠く
君がいまさば　有りかつましじ

笠女郎《かさのいらつめ》

訳 近くにおれば逢えなくても堪えられますが、あなたがずっと遠くに離れてしまうことになれば、とても生きてはいけないでしょう

【注】
1　笠女郎＝万葉集に残る歌はすべて家持に贈った恋の歌
2　有りかつましじ＝とても生きてはいられないでしょう

五十五

ち

528

千鳥鳴く　佐保の川門《かはと》の　瀬を広み
打橋《うちはし》渡す　汝《な》が来《く》と思えば

大伴坂上郎女《おほとものさかのうへのいらつめ》

訳　千鳥が鳴く佐保川の渡り場の瀬が広いので、仮の板橋を渡します。あなたが来ると思うから

【注】
1　大伴郎女＝佐保大納言大伴安麿卿の娘。次歌の作者大伴坂上大嬢の母
2　川門＝川への下り口。渡り場、洗濯場でもあった
3　汝が＝女が男に「汝」というのはからかい。また、「汝が来」に「長く」を懸けている

五十六

つ

583

月草の　うつろひやすく　思へかも
我《あ》が思ふ人の　言《こと》も告げ来《こ》ぬ

大伴坂上家《おほともさかのうへのいえ》の大嬢《おおいらつめ》

訳 染色がすぐ変わる露草のように移り気な女とお思いなのか、恋しいあなたから便りも来ません

【注】
1　大伴坂上家の大嬢＝大伴家の長女
2　月草の＝「うつろふ」の枕詞、月草（露草）の染色は褪せやすいことから。月草は夏に藍色の小花を開く
3　うつろひやすく思へかも＝私を移り気な女とお思いなのか

五十七

つ

1339

月草に　衣色どり　摺《す》らめども
うつろふ色と　言ふが苦しさ

作者未詳

訳　露草の花で着物を彩って染めたいが、褪せやすい色だと人が言うのが辛い

【注】摺らめども＝求婚に応じようと思うが。相手が浮気者だという世評を苦にする女の歌であろう

五十八

つ

3427

筑紫《つくし》なる　にほふ児故《こゆゑ》に　陸奥《みちのく》の
香取娘子《をとめ》の　結《ゆ》ひし紐解く

作者未詳

訳　九州の紅顔の美女故に、陸奥の香取娘子の結んでくれた衣の紐を解くことよ

【注】
1　陸奥国から防人などで筑紫に派遣された男の歌か
2　にほふ子＝艶に美しい子
3　香取娘子＝国でなじんだ女

五十九

て

2115

手に取れば　袖さへにほふ　をみなへし
この白露《しらつゆ》に　散らまく惜しも

作者未詳

訳　手に取れば袖までも色が染まるように咲き誇るおみなえしが秋の露に散るのが惜しい

【注】
1　袖さへにほふ＝袖までも染まってしまう。「にほふ」の原文は「丹覆」、「丹」は赤土。女郎花の黄色に袖一面が覆われるように染まる印象をも表意するか
2　白露＝漢語「白露」の翻訳語。普通秋の露をいう

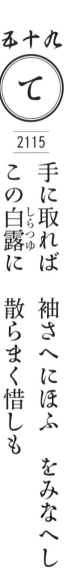

六十

と

2620

解《と》き衣《ぎぬ》の　思ひ乱れて　恋ふれども
なぞ汝《な》が故《ゆゑ》と　問ふ人もなき

作者未詳

訳　着物の乱れのように、思い乱れて恋しているのに、なんであんたのせいではないかと尋ねる人もいないのか

【注】
1　解き衣の＝「思い乱れて」の枕詞
2　なぞ＝どうしてか。結句に続く

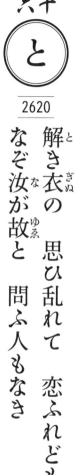

六十一

と

1260

時ならぬ　斑《まだら》の衣　着欲しきか
島の榛原《はりはら》　時にあらねども

作者未詳

訳 時節外れの美しい斑の摺り衣が着たいものだ。島の榛の木の林はまだ実の付く時節ではないが

【注】
1 時ならぬ＝上2句、うら若い少女の譬
2 斑の衣＝摺りの濃淡の一様でない美しい衣
3 着欲しきか＝手に入れたいの意を寓する。「か」は詠嘆
4 島＝奈良県高市郡明日香村の島の庄一帯か
5 榛＝ハンノキ。実や樹皮を染料とする

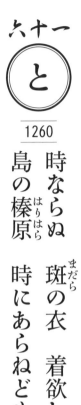

六十二

な

140

な思ひと　君は言へども　逢はむ時
何時《いつ》と知りてか　我《あ》が恋ひざらむ

柿本朝臣人麻呂の妻依羅娘子《よさみのおとめ》

訳 思い悩むなとあなたはおっしゃるけれど、今度会う日がいつとは分からないので、私は恋焦がれるのです

六十三

な

2009

汝《な》が恋ふる　妹の命《みこと》は　飽き足《だ》りに
袖振る見えつ　雲隠《くもがく》るまで

作者未詳

訳 彦星よ、あなたが恋い慕う織女が、デートの時間が物足りなくて、あなたが雲に隠れて見えなくなるまでずっと悲しんで、袖を振っているのが見えましたよ

【注】
1 下界から星の別れの時を想像して詠う
2 汝＝彦星
3 妹の命＝妹の尊称。織女を「妹の命」と呼んだ
4 袖振る＝隔てられるのを悲しんで袖を振る

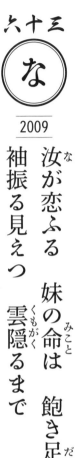

六十四

に

8

熟田津《にきたつ》に　船乗りせむと　月待てば
潮もかなひぬ　今は漕ぎ出でな

額田王

訳 熟田津で船出をしようと月の出を待っていると、潮も丁度よくなってきた。さあ、今こそ漕ぎ出そうぞ

【注】1　額田王＝生没年不詳。第7代斉明天皇（女帝。天智・天武天皇の母。655〜661在位）の時代に活躍が認められる初期万葉の代表的女流歌人。天皇の代理として、或いは群臣の代弁者として、歌を詠む専門的な宮廷歌人の最初である

2　熟田津＝愛媛県松山市和気町・堀江町付近の海浜。斉明7（661）年当時、朝鮮半島では新羅の勢力が盛んで、日本と友好的な関係を結んでいた百済が存亡の危機にさらされていた。斉明天皇及び皇太子（中大兄）は、百済を救援するため、船団を率いて半島に向かう途中、熟田津（津＝港）に一時停泊した

3　船乗りせむと＝船出をしようと月の出を待っていると

4　月待てば＝月の出を待って、その明かりを頼りに舟を進ませたのによる

5　かなひぬ＝「かなふ」＝以前から想定していたとおりに、ふさわしい状況になること
「ぬ」＝完了の動詞の終止形

6　漕ぎ出でな＝「な」は呼びかけ。勧誘の終動詞。「……しようよ」

六十五

に

1264

西の市《いち》に　ただ一人出でて　目並べず
買ひてし絹の　商《あき》じこりかも

作者未詳

訳　西の市に一人で出かけて、見比べもせずに買った絹は買い損ないだよ

【注】
1　西の市＝物品売買のために都の東西に設けられた市のひとつ
2　目並べず＝見比べもせずに
3　商じこりかも＝買い損ない。歌垣で選んだ相手が見かけ倒しであったことをいう

六十六

に

2746

庭清み　沖辺《おきへ》漕ぎ出づる　海人舟《あまぶね》の
梶取る間なき　恋もするかも

作者未詳

訳
漁場が波静かであると、沖にこぎ出す海人達が船の梶をひっきりなしに操るように、休む間もない恋を私はしている

【注】
1　庭＝海人の仕事場としての海面をいう。上3句は序。「梶取る間なき」を起こす
2　梶とる間なき＝絶え間なく、ひっきりなしに

六十七

ぬ

3980

ぬばたまの　夢《いめ》にはもとな　相見れど
直《ただ》にあらねば　恋止《や》まずけり

大伴宿禰家持

訳　夢ではやたらに逢うけれどじかに逢うわけではないので、想い焦がれつづける

【注】
1　ぬばたまの＝「夢」の枕詞。ぬばたまは檜扇の実で、その色の黒いことから「黒し」「黒い髪」転じて「夜」「夕」転じて「夢」「月」にかけていう
2　都で妻に見せることを意識しての詠であろう
3　もとな＝やたらに。夢に見るのがかえって辛いという気持ちの表現

六十八

ぬ

1241

ぬばたまの　黒髪山を　朝越えて
山下露に　濡れにけるかも

作者未詳

訳

故郷のあの子の黒髪を想わせる黒髪山を朝越えて山の下露に濡れてしまった

【注】黒髪山＝所在未詳

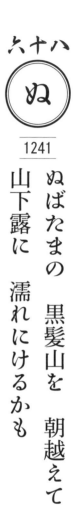

六十九

ね

3109

ねもころに　思ふ我妹《わぎも》を　人言《ひとごと》の
繁きによりて　淀むころかも

作者未詳

訳　心から想うあなただが、人の口がうるさいので通いそびれているこの頃だ

【注】
1　ねもころに＝心をこめて。心から
2　を＝詠嘆の意もこもる
3　淀む＝ためらって関係を中断すること

七十

ね

2525

ねもころに　片思《かたもひ》すれか　このころの
我《あ》が心どの　生けるともなき

作者未詳

訳　ただひたすらに片想いするからか、この頃の私の堅固な心が生きた心地もしない

【注】
1　片思すれか＝片思いすればか
2　心ど＝堅固な心
3　生けるともなき＝生きたそらもない。「と」＝鋭さ、確かさを表す名詞。しっかりした心の表現

七十一

の

849

残りたる　雪に交じれる　梅の花
早くな散りそ　雪は消ぬとも

大伴旅人

訳 残った雪に混じって咲いている白梅の花よ、譬え雪は溶けても早々と散るな

【注】残り雪＝漢語「残雪」の翻訳語であろう

七十二

の

739

後瀬山《のちせやま》　後《のち》も逢はむと　思へこそ
死ぬべきものを　今日《けふ》までも生《い》けれ

大伴宿禰家持

訳
後も逢おうと思っているからこそ、死ぬはずのところを今日まで生きている

【注】
1　後瀬山＝「のち」の枕詞
2　死ぬべきものを＝死ぬはずのところを
3　生けれ＝「生きあれ」の約

七十三

は

2231

萩の花　咲きたる野辺《のへ》に　ひぐらしの
鳴くなるなへに　秋の風吹く

作者未詳

訳
萩の花が咲いている野辺にひぐらしの声が聞こえてくる折も折、秋風が吹いてくる

【注】なへに＝ある事態の進行にもう１つの事態が伴う場合に用いられる

七十四

は

3802

春の野の　下草なびき　我も寄り
にほひ寄りなむ　友のまにまに

娘子《をとめ》等

訳 春の野の下草が靡くように、私も靡いて、同じ色に染まって爺さんに従いましょう、皆さんのお考えの通りに

【注】
1　春＝上2句は序。「寄り」を起こす
2　にほひ寄りなむ＝同じ色に染まってお爺さんに従おう
3　友のまにまに＝この娘子も他の友達の考えに同調することを云う

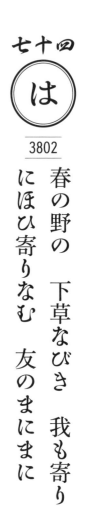

七十五

ひ

48

東《ひむがし》の　野にかぎろひの　立つ見えて
かへり見すれば　月傾《かたぶ》きぬ

柿本朝臣人麻呂

訳　東の野に曙の茜色が見え始め、振り返って見ると思った通り西空に月が傾いている

【注】
1　炎《かぎろひ》＝光り輝くものの意。曙の陽光。「月傾きぬ」とのかかわりから、曙の茜色の光を指すとされるが未詳
2　かへり見すれば＝振り返ってみると

七十六

ひ

116

人言《ひとごと》を　繁み言痛《こちた》み　己《おの》が世に
いまだ渡らぬ　朝川渡る

但馬皇女《たぢまのひめみこ》

訳 人の噂がますます増えていくので煩わしく思って、私の生涯でまだ渡ったことのない夜明けの川を渡ります

【注】1　但馬皇女＝天武天皇の娘。和銅元年没。穂積皇子とは異母兄妹で、恋人同士。当時は異母兄妹の恋愛や結婚は認められていた。しかし但馬皇女には、同じ異母兄の夫・高市皇子がいた

2　朝川渡る＝世間を慮《おもんばか》り、女ながら未明の川を渡って逢いに行く。「川」は恋の障害を表す事が多い。世間の堰に抗して初めての情事を全うするのだという意もこもる

七十七

ふ

203

降る雪は　あはにな降りそ　吉隠《よなばり》の
猪養《いかひ》の岡の　寒からまくに

穂積皇子《ほづみのみこ》

訳 雪よ、そんなに沢山降らないでおくれ。吉隠の猪養の岡のあの人が寒いだろうから

【注】
1 穂積皇子＝天武天皇の子。和銅8年没
2 あはに＝数量の多いことをいう副詞
3 吉隠＝但馬皇女の墓地。初瀬の東
4 まくに＝マクは推量の助動詞ムのク語法

七十八

ふ

1387

伏越《ふしこえ》ゆ　行《ゆ》かましものを　まもらふに
うち濡《ぬ》らさえぬ　波数《よ》まずして

作者未詳

訳 いっそ難所をさっさ行ってしまえば良かったのに、波の様子を見守っているうちに着物を濡らされた。波の間合いを計らないで

【注】1　伏越ゆ＝這って越えるような難所の意か。険しい通い路の譬え。地名とする説もある
2　まもらふに＝波の様子を見守っているうちに。ぐずぐずしているうちに人に知られたの意
3　波数まずして＝波の間合いを計らなかったので、訪れる頃合いを誤った事をいう

七十九

へ

19

綜麻《へそ》かたの　林の前《さき》の　さ野榛《のはり》の
衣《きぬ》に付くなす　目に付く我が背

作者未詳

訳 綜麻形の林の端の榛の木が衣に染み付くように、この目に付いて離れない吾が愛しい人

【注】
1　綜麻形＝三輪山の異名、三輪山伝説による。「綜麻」＝糸を丸く巻いたもの。「形」＝糸筋
2　さ野榛の衣＝「榛」＝はんの木。実や樹皮を染料にした。「針」を隠してあり、「衣」と縁語関係にある

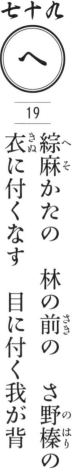

八十 ほ

3785

ほととぎす　間《あひだ》しまし置け　汝《な》が鳴けば
我《あ》が思ふ心　いたもすべなし

中臣朝臣宅守《なかとみのあそみやかもり》

訳 時鳥よ、少し間を置いておくれ。お前が鳴く度に私の物思いに沈む心が何とも処置なしになってしまうのだ

【注】1 中臣朝臣宅守＝蔵部の女孺（後宮の女官）であった娘子を娶った際に、勅命により越前国に流罪となった。罪状は記されていない。（推測）後宮の女官はすべて天皇のものだからではないか

2 ほととぎす＝初句に「ほととぎす」を置き、嘆きをより顕わに訴えた

3 我が思ふ心＝望郷をかき立てる時鳥との関係を自覚することで、物思いを対象化した表現

八十一

ほ

1467

ほととぎす　なかる国にも　行《ゆ》きてしか
その鳴く声を　聞けば苦しも

弓削皇子《ゆげのみこ》

訳 時鳥のいない国にでも行きたいものだ。その鳴き声を聞くと心が苦しい

【注】
1 弓削皇子＝天武天皇の子。天武天皇の第一皇子高市皇子の死後、兄弟による皇位継承を主張するも軽皇子「文武天皇」に敗れる
2 ほととぎす＝中国で懐古の悲鳥
3 なかる国＝「なくある国」の約
4 行きてしか＝行きたいものだ。テシカは希求を表す終助詞

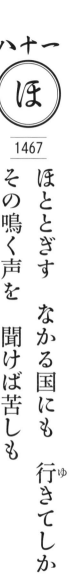

八十二

ま

61

ますらをの　さつ矢たばさみ　立ち向かひ
射る的方《まとかた》は　見るにさやけし

舎人娘子《とねりのをとめ》

訳　勇猛な男子が、さつ矢を手挟んで、立ち向かい射貫く的、その的という名の的方の浜は、見るからにすがすがしい

【注】
1　ますらを＝勇猛な男子。「射る」まで序。「的方」を起こす。従駕《じゅうが》（行幸に従っていくこと）の人の盛況をも讃える
2　さつ矢＝獲物を射る矢
3　的方＝三重県松阪市東部

八十三

ま

117

ますらをや　片恋せむと　嘆けども
醜《しこ》のますらを　なほ恋ひにけり

舎人皇子《とねりのみこ》

訳　勇猛な男子が片想いなどするものかと歎いても、なさけない立派な男子がやはり恋焦がれてしまう

【注】1　舎人皇子＝735年没。天武天皇の皇子。天智天皇の娘、新田部皇女《にひたべのみこ》を母とする。「日本書紀」編纂に中心的な役割を果たした

2　ますらを＝勇猛な男子。立派な男子。「たわやめ」の対。「や」は反語を表す係助詞

3　片恋ひせむ＝「片恋ひ」は片思い。一方的な愛情。「せ」はサ変動詞「す」の未然形。「む」は推量の助動詞「む」の連体形で、意志の意。前句の「や」と係り結びで反語を表す

4　醜の＝鬼のように強い、醜いと対象を憎みあざける語。ここでは自嘲の念を表す

八十四

ま

4413

枕大刀《まくらたし》　腰に取り佩《は》き　まかなしき

背ろがまき来む　月《つく》の知らなく

大伴部真足女《おほともべのまたりめ》

訳

枕元に置いた大刀を腰に付けて、愛しいあなたが任務が終わり帰ってくる、その月が何時なのか解らなくて

【注】

1　大伴部真足女＝上丁那珂郡《かみつよほろなかのこほり》の檜前舎人石前《ひのくまのとねりいはさき》の妻

2　枕大刀＝未詳、寝るとき枕元に置く愛刀の意か。「たし」は大刀《たち》の転

3　罷《ま》き＝任務を終えて帰ってくる

八十五

み

96

みこも刈る　信濃の真弓　我が引かば
うま人さびて　否《いな》と言はむかも

久米禅師《くめのぜんじ》

訳 信濃の真弓産の弓の弦を私が引くように、私があなたの手を取り引き寄せたら貴人ぶっていやとおっしゃるでしょうかね

【注】
1 久米禅師（法師）が石川郎女（「郎女」は婦人の愛称）に求婚したときの歌
2 み薦《こも》刈る＝「信濃」の枕詞。上2句は序。「我が引かば」を起こす。水薦は水辺に生えるイネ科の草。むしろの材料
3 真弓は檀《まゆみ》で作った弓。弓は信濃の特産品であった

八十六

み

393

見えずとも　誰《た》れ恋ひざらめ　山のはに
いさよふ月を　外に見てしか

満誓沙弥《まんぜいさみ》

訳 見えないとしても誰が月に心惹かれないでいられよう。山の端に出かねている月を遠くからでも見たいものだ

【注】
1　満誓沙弥＝沙弥満誓、笠朝臣麻呂のこと
2　噂に聞いてまだ見ぬ人を恋ひ、遠くからでも見たいと待望する気持ちを月を待つ心に譬えた
3　いさよふ月＝出かねている月、深窓の女性の譬え
4　見てしか＝「テシカ」は願望の助詞。

八十七

む

312

昔こそ　難波《なには》ゐなかと　言はれけめ
今都引《みやこひ》き　都びにけり

式部卿藤原宇合《しきぶのきやうふぢはらのうまかひのまへつきみ》

訳　昔こそ難波田舎と言われただろう。だが、今は都を引き移して実に都らしくなった

【注】
1　今＝副都として形を整えられた難波宮に聖武天皇が行幸した姿を先取った表現
2　都引き＝都を引き移しての意

八十八

め

1601

めづらしき　君が家なる　花すすき
穂に出づる秋の　過ぐらく惜《を》しも
内舎人石川朝臣広成《うちどねりいしかはのあそみひろなり》

訳　慕わしいあなたの家の花すすきが一斉に穂を出している秋が過ぎていくのは惜しい

【注】花すすき＝すすきの穂

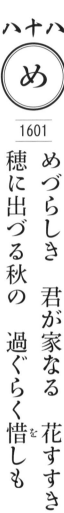

八十九

も

1258

黙《もだ》あらじと　言《こと》のなぐさに　言ふことを
聞き知れらくは　悪《あ》しくはありけり

作者未詳

訳　黙りこくっていてはまずいと言葉の上だけの慰めで言うことを承知して聞いているのは気持ちがよくない

【注】
1　黙あらじと＝黙りこくっていてはまずいと
2　言のなぐさに＝言葉の上だけの慰めで
3　聞き知れらくは＝承知して聞いているのは気持ちが良くない。「知れらく」は「知れり」のク語法

十九

も

416

ももづたふ　磐余《いはれ》の池に　鳴く鴨を
今日《けふ》のみ見てや　雲隠《くもがく》りなむ

大津皇子

訳 磐余の池に鳴く鴨をみるのも今日を限りとして私は死んで行くのか

【注】1　大津皇子＝天武天皇の皇子。文武に長じ詩は当代有数とされた。「懐風藻」に収める。草壁皇子と共に皇位継承の有力な候補であったため、天武天皇の死後、草壁皇子の母、持統天皇により謀反の名目で処刑された。686年没
2　大津皇子が処刑される時に磐余の池の堤で涙を流してお作りになった歌
3　百伝《ももづた》ふ＝「磐余」の枕詞、百に伝い行く「五十」（い）の意。下2句に託されたはかなさを浮き彫りにする
4　磐余の池＝皇子の邸の近くにあった池。磐余＝桜井市池之内、橿原市東池尻町
5　鳴く鴨＝鴨は生きており、皇子は死に赴く点で対比がある
6　雲隠り＝貴人の死をいう。ここは皇子の魂が鳥に化して雲隠れる印象を喚起する

九十一

も

3704

もみち葉《ば》の　散らふ山辺《やまへ》ゆ　漕ぐ舟の
にほひにめでて　出でて来にけり

対馬娘子玉槻《つしまのをとめたまつき》

訳
もみじ葉の散る対馬の山沿いを漕ぐ船の見事な朱色がもみじに一層照り映える様に心引かれて私は参上致しました

【注】
1　対馬の玉調郷出身の女性が一行の接待に出ていた
2　「散らふ」＝「散る」の継続態
3　舟のにほひ＝一行の官船の朱がもみじに一層照り映える様
4　出でて来にけり＝出てきたのです。一行を歓迎していう

九十二

や

6

山越《やまご》しの　風を時じみ　寝《ぬ》る夜おちず
家なる妹《いも》を　かけて偲《しの》ひつ

軍王《こにきしのおほきみ》

訳　山を越えて吹く風が絶えず袖を翻すので、寝る夜は一夜も欠かさず、家で待つ妻を心に懸けて偲んでいる

【注】
1　軍王＝百済王子余豊璋か
2　風を時じみ＝風が絶えず袖を翻すので、寝る夜は一夜も欠かさず。「時じ」＝時が定まっていない意
3　妹＝男性から女性を親しんで呼ぶ称。同性間で用いる場合もある
4　懸《か》けて＝心に懸けて偲んでいる

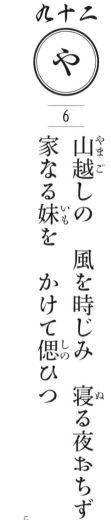

九十三

や

39

山川も　依りて仕ふる　神《かむ》ながら
激《たぎ》つ河内《かふち》に　船出せすかも

柿本朝臣人麻呂

訳　山の神や川の神までも臣従する尊い神であられるままに、大君は吉野川の激流渦巻く河内に船を漕ぎ出される

【注】
1　神ながら＝「神」は持統天皇を神格化する表現。ながら＝いいであるままに
2　河内＝川がまわりくねっている所。又、川を中心とした谷合の地
3　船出＝吉野川の船遊び

九十四

ゆ

1511

夕されば　小倉《をぐら》の山に　鳴く鹿は
今夜は鳴かず　寝《い》ねにけらしも

岡本天皇《をかもとのすめらみこと》

訳　夕方になるときまって小倉山で鳴く鹿が今夜は鳴かない。妻と共寝をしているらしい

【注】
1　岡本天皇＝34代舒明天皇。35代皇極（37代斉明天皇）ともいう
2　小倉の山＝桜井市今井谷付近の山か
3　寝ね＝妻と共寝をしているらしい。思いやりの表現。妻恋いの鹿の声がしないのは今夜は安らかに共寝をするのだろうと思いやる

九十五

よ

2318

夜を寒み　朝戸を開き　出で見れば
庭もはだらに　み雪降りたり

作者未詳

訳　夜を通して寒かったので、朝、戸を開けて出てみると庭にうっすらとまだらに雪が積もっている

【注】はだらに＝まだらに

九十六

わ

83

海《わた》の底　沖つ白波　龍田山《たつたやま》
いつか越えなむ　妹があたり見む

作者未詳

訳　沖の白波が立つ、その立つという名の龍田山を何時越えられるのだろうか。早く愛しい妻の家の辺りを見たい

【注】
1　海の底＝「沖」の枕詞。海の奥の意
2　龍田山＝奈良県生駒郡の摂津との国境沿いの山
3　越えなむ＝越え去《い》なむの「い」の脱落した形

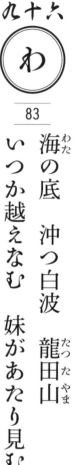

九十七

わ

103

我が里に　大雪降れり　大原の
古《ふ》りにし里に　降らまくは後《のち》

天武天皇

訳
藤原夫人《ふじわらのぶにん》よ。わが里に大雪が降った。そなたが住む大原の古ぼけた里に降るのはずっと後のことだよ

【注】
1　藤原夫人＝天皇妻妾の第三位
2　我が里＝浄御原宮《きよみはらのみや》一帯。今の明日香小学校あたりという
3　大原＝明日香村小原。浄御原宮跡にごく近い山崚《さんりょう》
4　降らまく＝降るのは。マクはムのク語法。「降らむ」を名詞化する

九十八

わ

594

我がやどの　夕蔭草《ゆふかげくさ》の　白露《しらつゆ》の
消ぬがにもとな　思ほゆるかも

笠女郎《かさのいらつめ》

訳 我が家の庭の夕蔭草に置く露のように、消え入るばかりにむやみにあなたのことが想われる

【注】 1 上3句は序、「消ぬがに」を起こす。作者の人恋う姿をも匂わす
2 夕蔭草＝夕光に照り映える草
3 消ぬがにもとな＝消え入るばかりに。ガニは助詞。自然に消えてしまうほどにの意。もとな＝むやみにの意

九十九

ゐ

89

居《ゐ》明《あ》かして　君をば待たむ　ぬばたまの

我が黒髪に　霜は降るとも

磐姫皇后《いはのひめのおほきさき》（仁徳天皇の皇后）

訳　夜通し庭先で佇み続けて我が君のお出でを待とう。私の黒髪に霜が降り続けようと（黒髪が白髪になろうと）

【注】1　「或本歌」で古歌集の中の一首。古歌集は、万葉集の編纂に供された資料の一つで飛鳥・藤原朝頃の歌集

2　居明かして＝庭前でじっと佇んで待つ姿

3　ぬばたまの＝「黒髪」の枕詞

4　降るとも＝接続助詞トモは既定の事実を仮定的に表現する用法

百

を

978

士《をのこ》やも　空《むな》しくあるべき　万代《よろづよ》に
語り継ぐべき　名は立てずして

山上臣憶良《やまのうへのおみおくら》

訳 男子たるもの無為に世を過ごして良いものか、後世長く語り継ぐに足る英名というものを立てることもなく

【注】1　憶良、沈痾《ちんあ》（いつまでも全快の見込みのない病気）の時の歌。この後間もなく他界
2　名は立てずして＝名を立てることを男子たる者の本懐とする、中国の士大夫思想に基づく。「名」は政治上の栄誉だが、文学上の功をも示す

あとがき（２０２２年９月19日　敬老の日に記す）

２０２２年８月26日。肝内胆管癌・多発性リンパ節転移に罹患、余命３ヶ月～６ヶ月の宣告を受けた。遠隔転移しているから手術や放射線治療はしない。延命治療として抗癌剤点滴をするとのこと。慌ただしい残りの人生になったが、この作品を仕上げたい。人生にオレに関係ないところで区切りを付けられるのは少し癪ではあるが、落ち着いて自分の人生の終焉を全う出来るのは素晴らしい。残りの人生は余りないが、世にいう断捨離を始めよう。

憶良さんよ、21世紀まで十分名が立っているよ。

辞世の句　人生はわからぬものよ

１２６歳まで生きると言っていた奴が突然ダメよと言われたものよ。

光源氏の辞世の歌

５８９　もの思ふと　過ぐる月日も　知らぬ間に　年もわが世も　けふや尽きぬる

業平朝臣の辞世の歌
８６１　つひにゆく　みちとはかねて　ききしかど　きのふけふとは　おもはざりしを

或る人の添削後の辞世の句　人生はわからぬものよ
１２６まで生きると言いしわれ突然余命宣告受けぬ

２０２３年８月30日

追伸　余命宣告受け　抗癌剤点滴開始
　まだ生きている

〈著者紹介〉


松原 龍一郎（まつばら　りゅういちろう）

福岡県福岡市東区西《さい》戸《と》崎《ざき》在住。

1941（昭和16）年、福岡県大牟田市で誕生。

福岡県立三池工業高校機械科、西南学院大学経済学部、麻生医療福祉専門学校精神保健福祉科卒。

福岡県庁、福岡市役所に勤務せし。

現在、年金生活。体調は絶好調なれど、肝内胆管癌・リンパ転移にて週１回抗癌剤点滴及び前立腺癌にて男性ホルモン抑制剤を服用。

暇に任せて、万葉集、短歌、アコーデオン、声楽、習字をカルチャーセンター等で学習中。

2023年３月コスモス短歌会入会。

皆さんに推奨致します：この『万葉集百人一首』を暗記・暗唱し認知症など成らずに126歳まで生きて下さい。

シニア世代《せだい》のための「万葉集百人一首《まんようしゅうひゃくにんいっしゅ》」

2023年10月27日　第1刷発行

著　者　　　松原龍一郎
発行人　　　久保田貴幸

発行元　　　株式会社 幻冬舎メディアコンサルティング
　　　　　　〒151-0051　東京都渋谷区千駄ヶ谷4-9-7
　　　　　　電話　03-5411-6440（編集）

発売元　　　株式会社 幻冬舎
　　　　　　〒151-0051　東京都渋谷区千駄ヶ谷4-9-7
　　　　　　電話　03-5411-6222（営業）

印刷・製本　中央精版印刷株式会社
装　丁　　　野口萌

検印廃止

ISBN 978-4-344-94644-6 C0095
幻冬舎メディアコンサルティングＨＰ
https://www.gentosha-mc.com/